KB083110

꽃이삭 잔털에 머문 햇살

시와소금 시인선 153

꽃이삭 잔털에 머문 햇살

ⓒ시림詩林, 2022. printed in Seoul, Korea

초판 1쇄 인쇄 2022년 12월 26일
초판 1쇄 발행 2022년 12월 30일
지은이 시림詩林동인회
펴낸이 임세한
디자인 유재미 정지은

펴낸곳 시와소금
출판등록 2014년 1월 28일 제424호
발행처 강원 춘천시 충혼길20번길 4, 1층 (우·24436)
편집실 서울시 중구 퇴계로50길 43-7 (우·04618)
팩스겸용 (033)251-1195 / 휴대폰 010-5211-1195
이메일 sisogum@hanmail.net
ISBN 979-11-6325-059-3 03810

값 10,000원

* 이 책의 내용의 전부 또는 일부를 재사용하려면 반드시 저작권자와
  시와소금 양측의 동의를 받아야 합니다.
* 잘못된 책은 교환해 드립니다.

시와소금 시인선 · 153

꽃이삭 잔털에 머문 햇살

詩 林 제7집

김영삼 김은미 김훈기 안용진 유지숙
이순남 임인숙 지은영 황영순

시와소금

▌시림詩林 연혁

1. 2005~2012년까지 강릉대학교 평생교육원 시창작반(지도교수 이홍섭)에서 공부한 수강생 중심으로 자연스럽게 동아리 만들어짐.

2. 2009년 : 6월 30일 행복한 모루에서 문우회『詩林』정식으로 결성, 2013년 11월 28일 강릉세무서에 문우회『詩林』단체 등록. (고유번호 226-80-14471)

3. 초대 회장 조수행(2009~2014), 2대 회장 임인숙 (2015~현재)

▌시림詩林 활동 사항

- 시화전 3회(2007~2009. 강릉대학교)
- 시인의 마을 주관 시낭송회 및 세미나 참여 9회(2013~2014)
- 시인의 마을 주관「문학콘서트, 시와 가곡의 밤」참여(2014)
- (사)교산·난설헌 선양회, 시인의 마을 주최 문화 올림픽을 위한 경포호수 누정 문학 기행 및 허균 문학작가상 수상자 문학 콘서트 참여(2014)
- 시 창작 아카데미 운영(2015~2016)
- 시림 시 낭송회 5회(2013~2015)
- 시림 시첩 발간 1회(2015)
- 시 동인지 '시림' 제1집 발간(2016.12.) 출판기념 시 낭송회(5회) 강릉문화재단 후원금으로 제작

- 시 동인지 '시림' 제2집 발간(2017.12.27.)
- 2017년 강릉독서 대전 행사 참여 「세상의 책 in(人)강릉」저자와의 대화 주관
- 시 동인지 '시림' 제3집 발간(2018.11.18.)
- 시 동인지 '시림' 제4집 발간 (2019.11.18.) 출판기념 시낭송회(6회) 강원문화재단 후원금으로 제작
- 시 동인지 '시림' 제5집 발간(2020.12.20.) 강릉문화재단 후원금으로 제작
- 시동인지 '시림' 제6집 발간 (21.12.30) 강릉문화재단 후원금으로 제작
- 시 동인지 '시림' 제7집 발간 (22.12.30) 출판기념 시낭송회(7회)

▌회원 시집 현황

- 2017. 03 신효순 시집 『바다를 모르는 사람과 바다에 갔다』 시인동네
- 2017. 06 김영삼 시집 『온다는 것』 달아실
- 2017. 09 홍경희 시집 『기억의 0번 출구』 한국문연
- 2017. 10 황영순 시집 『당신의 쉼은 안녕하신지요?』 시와반시
- 2017. 11 한경림 시집 『결』 밥북
- 2019. 12 임인숙 시집 『몸은 가운데부터 운다』 달아실
- 2021. 11 이순남 시집 『버릇처럼 그리운 것』 달아실
- 2021. 11 유지숙 시집 『698번지, 오동나무 뿌리는 깊다』 글나무

| 차례 |

이홍섭

손
정선

1965년 강원도 강릉출생. 1990년 《현대시세계》를 통해 시인으로, 2000년 《문화일보》 신춘문예를 통해 문학평론가로 각각 등단. 시집 《강릉, 프라하, 함흥》, 《숨결》, 《가도가도 서쪽인 당신》, 《터미널》, 《검은 돌을 삼키다》 등과 산문집《곱게 싼 인연》을 출간. 시와시학 젊은 시인상, 시인시각 작품상, 현대불교문학상, 유심작품상, 강원문화예술상 등 수상.

손 외 1편

바다 위로 손 하나가 불쑥 떠오른다

불굴의 삶을 살았던 노스님이 응급실로 실려가며 손을 흔드신다

화장장에서 어머니가 외할머니의 손을 잡고 우신다

바다 위로 손 하나가 불쑥 떠오른다

깃발처럼, 섬처럼 떠올라 펄럭인다

산 자와 죽은 자의 안부를 묻고 있다

정선

할 얘기가 많은데, 동강은 길기만 하네

할 얘기가 많은데, 뼝대는 높기만 하네

사랑을 그르친 죄, 적벽으로 말은 달리고

못다 한 사랑의 말, 가슴을 그으며 흰 새가 날아가네

할 얘기가 많은데, 할 얘기가 많은데

허 림

눈 온 날 오후 한때
낙과

홍천에서 태어나 강릉 원주대영문과를 졸업했다. 〈강원일보〉 신춘문예에 시가 당선되고, 〈심상〉신인상을 받으며 지금까지 시를 써오고 있다. 시집으로 『누구도 모르는 저쪽』, 『골말 산지당골 대장간에서 제누리 먹다』 등 여러권과 산문집『보내지 않았는데 벌써갔네』가 있고, 가곡 〈마중〉 이 있다.

눈 온 날 오후 한때 외 1편

방태산이나 계방산이 둘러친 마을에는 눈이 자주 내렸다 날씨 예보보다 정확하다는 김씨네 할머이가 망덕봉 등강 넘는 구름을 보며 '눈 내리겠네 군불 좀 놔' 소리치면 골말 청계닭집과 색소폰집은 독가촌 앞 공터에 차를 세우고 쉬쉬 걸어 올라간다

어느 날 대처의 아파트 숲을 떠나 내면에 들겠다고 하자 긴긴 겨울 추운데 어찌 살겠냐고 눈 내리면 뭐하고 사냐고 근심을 얹어 안부를 묻기도 했고, 오늘 아침 강원 산간지역 최저 기온이 영하 25도였습니다 방송 탄 날이면 살았냐 얼어죽지 않았냐 문자며 전화를 받았다

얼어죽거나 굶어 죽었다는 부음 문자는 살겠다고 몰려든 큰 도시나 번화한 마을에서 자주 날아왔다

밤새 발목 빠질만큼 눈이 내렸다 뒷버덩 지은이는 넉가래로 길을 뚫고 내려와 버덩말 돌배나무집에 커피를 마신다 웃동네 동상들은 족대질한 물괴기로 매운탕을 끓이고 벼람박에 걸렸던 설피를 꺼내 신으며 옛날 퇴끼사냥 이야기로 거나해지기도 했다

낙과

복숭아가 떨어져 있다

만개한 복사꽃 보며
언제쯤 오면 되겠냐고 물었을 뿐
구름은 안부조차 실어오지 못했다

비는 자주 내리고
어쩌다 눈 마주하는 복상
푸른 멍울엔 햇빛과 달빛의 여운이 감돌았다

언제쯤 오면 되겠냐는 문장이
속살 깊이 발그레하다

며칠 있으면 되겠구나 싶은 날이었다

누구도 알 수 없는 별세처럼

복숭아가 떨어졌다

익었거나
속 많이 아팠을 그대를 생각했다

한영숙

여뀌
목류 木瘤

강원도 진부 출생. 시집으로 『얼룩무늬쐐기나방』 『목류』 등이 있음.현재 강원작가회의 회원.

목류木瘤 외 1편

불편하게 쥐었다
놓았다
다시 움켜잡았다

아프고 아픈 기억의 흔적

오랜 시간 결을 삭인 그곳에
되살아난 숨처럼
새순이 돋았다

누군가와 작별을 한 사람
오래 서 있다가

조용히 울고 간 자리

여뀌

시월 강가에 붉은 이삭이 가득하다
저곳은 청정하고 따듯한가
여물어 갈수록 고개 숙인 여뀌는
이 계절에 무슨 간절함이 있어 낟알 곁에
서리 맞은 흰 꽃을 다시 피운다니

나의 소원은 무엇인가

바람에 흔들리는 그들을 마주하고
철없이 돌아보니
졸면서 마시던 맥주거품 닮은 시간들이
솔기 터진 주머니를 단 채 다 어디로 새어 버린 듯

저들도 울고 싶은 나이가 있을까

언젠가 다시 만날 것 같은 여뀌 한 줌 따서
돌멩이에 우겨넣고

손끝으로 자꾸만 찔러본다
알알한 손등에서 그만
잠자리 꼬리처럼 슬픈 가을 냄새가 나
말 한마디 하지 않고 지나간 하루
혼자 하는 이별은 좀 미루어야 할 것 같다

김영삼

빨래방 외 6편

할 수만 있다면
표백제 한 바가지 넣고 나를 빨고 싶다
할 수 없어서
나의 허물만 잔뜩 집어넣고 빨래를 한다
감방 같은 작은 방에
내가 들어가야 마땅할 독방에
죄 없는 나의 분신만 쑤셔넣고
마치 면회 온 사람처럼
투입구 유리문 앞에 앉아 있으면
요 며칠 사이 죄목이 뒤엉켜 구르고 있다
어제의 팔이 네미! 술잔을 뒤엎고
그제의 다리가 냅다 의자를 걷어찬다
엊그제의 나는 멱살을 잡고 게거품 물고 있다
부글부글 거품이 일어 허물을 지우자
후회가 몰려온다, 나는 요즘 왜 이렇게 분노하는가
가짜를 진짜라고 우기는 너는 진짜로 가짜인가
어쩌면 생각이 그토록 완벽하게 틀릴 수 있는가

가만히 있어도 죄는 고리대금 이자처럼 불어나고
면회시간 끝났다는 듯이 삐삐 신호음이 울린다
감방에서 뺑뺑이 돌다 축 늘어진 나의 분신
서둘러 그러모아 교화소를 나오면 눈부시다
결코, 비겁하게 살아서는 안 되는 일이지만
나는 또 며칠 깨끗한 척 잘살 것이다

꿈 이야기 · 2

나는 꿈밖과 꿈속, 두 세상에서 살고 있다

꿈밖에선 내 뜻으로 사나 뜻대로 이루어지지 않고
꿈속에선 아무 뜻 없이 사나 내 뜻대로 이루어진다

꿈밖의 나는 오로지 한 여자만 바라보며 살고
꿈속의 나는 생각이 달라 수시로 여인이 바뀐다

꿈밖의 나는 도덕을 숭배하나 죄짓고 도망도 잘 가고
꿈속의 나는 도벽도 있으나 발이 굳어 도망도 못 간다

꿈밖에선 식구가 다 믿는 신을 안 믿어 사탄으로 살고
꿈속에선 믿는 신이 많아 합장도 하고 성호도 긋는다

꿈밖의 나는 어디 멀리도 못 가고 매일 집에서 살고
꿈속의 나는 어디로 싸돌아다니다 이따금 나타난다

꿈밖의 나와 꿈속의 나는 같은 데도 다른 사람 같아
얼굴 맞대 보고 싶지만 서로가 바빠 만날 수 없다

꿈밖의 나는 꿈속을 갈 수 없는 저승 같다고 하고
꿈속의 나는 꿈밖을 살 수 없는 저승 같다고 한다

등에 대한 단상

앞만 보는 눈 때문에
얼굴은 점점 화려해지고
보는 것만 믿는 눈 때문에
등은 점점 초라해졌다
얼굴은 숨고 싶으면
손으로 가리거나 외면하면 되지만
등은 허허벌판 숨을 곳이 없다
온갖 눈화살을 다 맞고 살아서
방패처럼 단단하게 굳어졌다
갖은 수모를 평생 참고 살아서
고목처럼 말라 구부러졌다
바닥에서 잔뼈가 굵은 등은,
힘든 일은 혼자 도맡아 하고
욕심이 없어 죄를 짓지 않는다
양심이 내다보는 창이 거기 있어
시치미 뚝 떼고 가도 뒤가 켕긴다
아무에게도 관심받지 못하지만

누구에게도 불평하지 않는다
먼 친척 같은 무심한 등도
절대 등을 보이기 싫어할 때가 있는데
그때는 홀연히 오동나무집으로 들어간다

오늘은 별 보고 웃는다

웃을 일이 없는데도
웃는 일이 많아졌다

제2의 인생 설계는 했어?
너는 묻고, 나는 웃는다
무계획이 확실한 계획이어서
두 번째 생은 저세상인 줄 알고 살아서
할말이 없어, 그냥 웃는다

이 정도면 투자할 만하지?
너는 묻고, 나는 웃는다
여긴 전망이 좋아서 햇볕도 잘 들고…
별세계 소리가 귓등에 윙윙거려서
탁 트인 전망 앞에서
꽉 막힌 나의 전망을 내다보고 있어서
무슨 말을 했는지 몰라, 그냥 웃는다

치매도 온다는데 백신 맞을 거야?
너는 묻고, 나는 웃는다
어쩌다 유튜브 맹신자가 되어 버린
생각이 다른 게 아니라 완벽하게 틀려서
일어난 일보다
일어나지 않은 일을 철석같이 믿고 있어서
할말이 너무 많아, 그냥 웃는다

웃는 일이 점점 많아졌다
그나마 웃음이 간신히 나를 살린다

우울한 하루
— 2021

7시.
벚꽃도 홀로 피었다 홀로 지는 날
심란하여 싸구려 운세를 보니
오는 이는 다 귀인이니 가까이하고
물가는 뱀 보듯 멀리 돌아가라 하였는데
사람은 자꾸 멀어지고, 물은 점점 가까워지니
올 운수는 대통하기 글렀다

9시.
지갑과 핸드폰을 챙겨 외출하다
황급히 돌아와 마스크를 썼다
전엔 우습게 봤는데 하루아침 상전이 되었다
마스크가 없으면 좋아하는 짜장면도 못 먹는다
방구석에 수북이 쌓인 귀하신 몸을 보면
부자가 된 것처럼 뿌듯하다

11시.

길 가다 반가운 사람을 만나 인사하는데
무심코 손바닥을 내밀었다가
얼른 주먹으로 바꿨다
이번엔 상대가 손바닥이다
긴장한 복서처럼 세 번 만에 주먹을 맞댔다
악수가 헷갈리고 사나워졌다

13시.
눈만 보면 모두가 비슷비슷하여
마스크 속 하관을 상상하는 버릇이 생겼는데
오가는 길이 겹쳐 자주 마주치던 사람을
우연히 식당에서 보았다
머릿속으로 그려보던 모습과 너무나도 달라
젓가락을 놓칠 뻔했다

15시.
오래간만에 후배가 하는 가게에 들렀다

지나치는 사람들이 모두 마스크를 쓰고 있으니
가게도 마스크 씌워 달라 떼를 쓰는가 보다
'폐업'
귀가 없는 얼굴에 테이프를 붙여가며 씌우는데
두 손으로 잡아 주었다

백로

갈아 놓은 밭에서 백로 한 마리
한참을 섰다 한 걸음씩 세월없이 간다

산다는 것에 대한 질문이 많은지
온몸이 '?'

한 발을 앞으로 내밀 때 모가지도 앞으로 늘어나고
내민 발이 땅에 닿을 때 모가지도 도로 오므라들고

한 발짝 옮길 때마다 허물고 새로 짓는 물음표

초짜 농군이 신기한 농서를 보듯
밭이랑 골똘히 들여다보다 잠시 먼 산도 보고

가끔 큰 답을 얻었는지 목을 쭉 내뽑아
온몸이 '!' 표다

홀로 묻고 홀로 답하며 홀로 가는 몸이 눈부시다

봄날은 가고

아버지는 배호를 좋아했고 음치였고, 어머니는 백설희를 좋아했고 간드러지게 잘 불렀고, 나는 전축판 지직거리는 소릴 절로 듣고 자라 흘러간 노래 많이 알고 대충 부르고, 술 진탕 먹고 노래방서 배운 솜씨라 술 없고 마이크 없으면 못 부르고, 불렀다 하면 안개 낀 장충단공원이고, 담배연기 안개처럼 자욱하니 무르익어 가면 끝내 봄날은 간다 부르고, 새가 날면 따라 웃고 새가 울면 따라 울다 진짜 울고, 분위기 망친 별 싱거운 놈이 되고, 오래전 먼저 가신 아버지껜 괜히 죄송하고, 어머니 생전에 노래방 한 번 모시지 못한 후회가 사무치고, 얄궂은 그 노래에 봄날은 또 가고

• **김영삼** __ 2011년 강원일보 신춘문예 등단. 시집으로 『온다는 것』이 있음.

김은미

그녀가 보고 싶다 외 6편

11월 바람 탓이었다
시간이 밀어버린 가게 문에
폭풍처럼 딸려 들어갔다

꽉 차 있는 물건 중에
오로지 체크무늬 치마가 말을 걸더니
덜컥 나에게 안겼다

체크무늬 플레어스커트는
그녀가 자주 입던 치마를 닮아있다

절뚝거리는 다리를
조금이라도 덜 보이려 즐겨 입던 옷
수녀가 되겠다던 그녀는
회색 체크무늬 폭넓고 긴 치마를 좋아했다

그녀의 손을 잡아주면서도

그녀의 다리와 걸음 길이를 맞추면서도
체크무늬 슬픔을 알아보지 못했던 시절

슬프고 안타까운 체크무늬 치마가
11월, 바람 스치는 날
가로 세로로 훨훨 날아올라
'#' 처럼 반 올린 음으로 나에게 왔다

네 이름을 부르다가

어제 불러본 다정한 이름
오늘도 부를 수 있다는 것이
찬란한 행복임을 미처 몰랐다

오늘 너는 불러도 대답이 없다
불러도 도무지 대답이 없으니
짧은 편지라도 써볼까

너는 어느 곳에 있는가
받아 볼 주소는 있는가
대문 앞에 우편함을 대신할 것은 있는가

네 이름 석 자를 쓰고 지우고
다시 네 이름을 부르고 부르다
대답 없는 네가 그리워 목놓아 본다

미풍에 네 목소리 실려와

네, 네, 나 여기 있어요
아주 작게라도 속살거리며 대답해 준다면
네가 대답만 해준다면…

네 이름을 부르다가 알았다
대답할 수 있을 때 많이 부르고
대답할 수 있을 때 더 많이 사랑할 것을

불러도 소용없는 이름이지만
자꾸만 더 부르게 되는 이름

입술이 부르트고 가슴 속이 다 헤지도록
네 이름을 부르다가 사무치는 나는 그만,

이렇게 생각하기로 했다

돌아갈 곳이 있다면 무엇이 걱정이랴
어디든 돌아갈 곳이 있다면

그곳이 빛나는 곳이 아니더라도
그곳이 황홀한 곳이 아니더라도
영혼이 숨 쉴 수 있는 곳이라면

'다녀오겠습니다'
'돌아오겠습니다' 하고
갈 수 있는 곳이면 어디든 괜찮다

다녀오겠습니다
돌아오겠습니다
인사를 하고 갈 수 있는 곳이면

죽음은 깜깜하기만 한 것으로
생각되는 검고 푸른 밤

폭포수 같이 쏟아지는 절망 아래
온몸을 흔들며 아니야 아니야
그런 것은 아닐 거야

죽음.

머물다 돌아올 수 있는 곳
그럭저럭 지내기 괜찮은 곳
꼭 한 번쯤 다녀올 만한 곳

어쩌면 아침 공기보다 맑고 깊고 투명하며
저녁노을보다 곱고 넓고 평화로우며
눈물겹도록 아름다운 비밀의 공간

가 보면 오래 있고 싶은

잘 살아갈 일이다

세상의 반은 보고 있는가

땅 위에서 바라본 세상은
하늘 위에서 바라본 세상과
다를 거라고 생각한 적이 있다

저 멀리 하늘 위로 올라
보이지 않는 세상을 바라보기 위해
하늘 속으로 몸을 들이밀었다

하늘하늘 퍼지는 구름을 따라가면
보일듯한 세상, 바라보려 했지만
세상은커녕 세상의 그림자조차 보이지 않았다

하늘 위에서 바라보기 위해
잠을 자고 꿈을 꾸고 기도를 하며
하늘 자리로 오르려 애쓴 적도 있다

그러나 하늘은 결코 곁을 내어주지 않았다
하늘과 땅은 볼 수 있는 세상이 다르다

모든 것을 보려는 것은 애초부터 헛된 욕심
하늘과 땅의 세상은 시간부터 다르다
일 초도 나눌 수 없고 겹칠 수 없다

양쪽 세상을 다 볼 수 없다면, 그럴 수 없다면
시끄러운 생각과 불편한 욕심의 반쯤은 접어두고
슬기로운 당신 옆에서
세상의 반만이라도 제대로 바라보며
잘 살아갈 일이다

사랑과 이별

사랑했습니다 그때는 몰랐지만

이별했습니다 이때 알았어요 사랑한 줄

사랑은 사라졌던가요 몰라요

이별은 남아있던가요 몰라요

어느 것이 사라지고

어느 것이 남아있는 것인지

도무지 알 수 없는 기억을 붙잡고

바람개비가 되어 빙빙 돌아갑니다

바람이 지나는 자리 모든 것은 흔들립니다

사랑했습니까 이별했습니까

몰라요 알 수 없어요

바람이 부는 동안은 사랑하고 이별합니다

바람이 멈추면 사랑도 이별도 언젠가는

멈추는 날이 있겠지요

바람결에 죽도록 사랑했습니다

바람결에 모르게 이별했습니다

멀리서 바람이 불어올까요

바람은 씨앗 하나를 들고
다시 벌판을 향해 달려갑니다
벌판은 바람을 맞이하며
또 다른 사랑을 시작합니다
이 사랑 이루어질까요 몰라요
이별은 또 모르게 올까요 알 수 없어요

여자와 나무

여자에게
나무 하나가 자랐다
나무는 수십 년이 지나도
여자를 떠나 생각을 하지 않았다
처음엔 겨우 은행알만 한 씨앗이었는데
자고 나면 날마다 조금씩 커지는가 싶더니
계절이 바뀌는 동안 줄기와 잎이 되고 열매가 되었다
노란 잎이 바람을 흔들며 무수한 가을 나비를 만들어 낼 때까지
큰 기둥 잡아서 숨긴 채 꼼짝하지 않고 여자 안에 웅크리고 있었다
봄, 나무는 연두빛 새싹 얼굴을 내밀며 봄꽃들과 반갑게 인사하고
가을, 나무는 노랗게 붉게 물들어 품고 있던 씨앗을 모조리 토해냈지만
여자의 나무는 조용히 숨만 쉬며 뿌리를 깊게 내린 채 움직이지 않았다
여자에게 마음 지 수십 년이 되었지만 오천 년을 이 자리에 있을 작정이다
푸르렀던 어느 날, 나무는 여자의 심장에 장미 한 송이를 굵게 심어 놓았을 뿐인데
비바람 부는 날이면 나뭇잎이 날개로 날개를 적신 채로 여자의 가슴에 날아들고
눈보라 퍼붓는 날이면 가지가 휘청이는 채로 여자의 가슴에 스며들고
봄꽃 피는 날엔 향기에 취해 비틀거리며 여자의 가슴에 안긴다
무수한 여름날엔 여자의 그늘에 드리웠느니
그리워하다가 다시

밤을 쭉 뻗어
뿌리를 깊이
밑에 넣고는
한 잎 두 잎
잎을 키운다
나무는 어느새
여자의 심장이 되었다
여자와 나무에게
구름도 쉬어가고
달빛도 놀다 간다
여자의 가슴을 품고
나무 하나가 자랐다
곁을 절대 떠날 수 없는
나무와 끝없는 사랑을 하며
여자는 나무와 더불어 늙어간다
여자는 나무가 되었고, 나무는 여자가 되었다

버섯의 노래

꽃으로 태어나는 걸 싫어했다
차라리 아주 작은 나무로 태어나길 원했던 것이다
나뭇등걸에 달라붙어 떠날 줄 모른다

이마 깊숙이 모자를 눌러쓰고
실눈 뜨며 짝다리를 한 채
세상을 훔쳐보고 있는 너

꽃보다 아름다운 얼굴 숨기고
그늘진 곳에 조용히 서서
눅눅한 마음을 감추며
언제까지 견딜 수 있을지

존재를 참는 것은 무척 어려운 일
그냥 너의 노래를 불러라

김훈기

다산초당 유한 외 6편

짙은 숲 구비 진 서늘한 길을
뒷짐을 진 다산이 되어 여여하게 걸어봅니다

아담한 초당 툇마루에 앉아
육친을 그리시던 님의 진한 사랑이 아파와
옅은 녹차 향 같은 석양에 마음을 던지고
님을 그려 봅니다

길 끝에서 길 끝까지
낮게 임하신 님의 그 깊은 뜻은
석양의 긴 그림자에 사려든지 오래입니다

가장 소중한 것들을 보지 못하고
날 세운 이빨로
서로를 흠집 내기에 혈안인
작금 여의도의 어린 참새 떼는 수치를 잊었습니다.

마당에는 얼굴을 붉힌 동백이

흠집 하나 없는 온전한 얼굴로 부끄러워합니다.

빈터

— 신복사지에서

텅 빈 뜨락
쓸쓸함만 있을 줄 알았습니다
허기진 바람만이 반길 줄 알았습니다

주인 없는 마당
정갈한 석탑 위로 겨울 햇살 가득 다정합니다
햇살을 가득 짊어진 석불 한 분
바람과 더불어 간절합니다
곁에 서서 두 손 가지런히 합장해 보지만
마음은 바람 끝의 낙엽처럼 가난하기만 합니다

흘러간 것들은 태풍에 씻겨간 대지처럼 다시는
돌아오지 못한다 생각하며 살았습니다
때로는 바람이
가파른 삶을 식혀주었고
소리 없는 세월의 발자국을 감싸 주었다는 것을
알지 못했던 수치(羞恥)를 후회합니다

염화(炎火)는 가라앉고
염화(染化)는 다정합니다

물러서서 바라보는 노을처럼
생은 항상 그 자리서 아름답다는 것을
미처 알지 못했습니다

억겁의 세월이 지난 후 그때에도
햇빛은 언제나 그곳을 찬란히 비추겠지요

선자령

바람은 그렇게 능선을 만들었다

바람의 지휘와
억새의 율동과
나뭇잎들의 살 떨리는 오케스트라의 협주
전혀 익숙지 않은 모습들마저 서로를 익숙하게 하는

파랗게 절여진 적막이 뚫리고
바닥을 보였던 날들의 비상
부표처럼 가벼워 정직해지는
정지돼있던 모든 것들이
날 선 선율을 따라 허공을 가른다

허방을 만끽하는 억새
가슴 하얗게 열어젖히는 자작나무
나와 곰살맞은 한 점 구름과 눈 부신 햇살
하나 되어 관객이 되어

낯선 포옹들의 향연
어느덧 익숙해지는 자유

마침내!

찢어진 상처를 어루만지는 바람이 되어
길들여진 내 깊은 내상의 아픔이 되어

아귀

어릴 적엔
작은 눈에 커다란 입이 무서운 이놈만 보면
겁에 질려, 아버지 가랑이를 잡고서는
툭툭 먼 발길질만 해댔다

큰 접시에 바닥이 훤히 보일 듯
전신을 탈의한 채 누워있는 육신
눈이 부시다
얇게 저며진 육질이 쫀득하니 입안에 착 감겨온다
시원한 국물은 속을 후련하게 풀어준다
오랫동안 마음에 머물던
숫기 없는 슬픔 같은 것 말끔히 거두어 주기도 하는데

속살을 보지 못하고 멀리했던 내 오만은
어디쯤에서 겸손을 배워야 할까

찬바람 나면

하루종일 방구석을 뒹구는 날이 있다
이런 날이면
종일 천장만 쳐다보며
흉측하게 생겼다는 이유로
의붓자식처럼 내쳐졌을 아귀의 과거를 생각하며
입맛을 다시곤 한다.

별비

　오늘 같은 밤이면 소중한 것들을 모두 내려놓아도 전혀 아까울 것이 없겠다

　일상의 현실이 반복되는 착잡한 날에는 곤궁한 마음을 위로해 주는 건 노을밖에 없기에 노을 가고 어둠 짙은 밤이면 답답한 어둠을 벗어나고파 안반데기로 간다

　유난히 빛나는 별과 무수히 별비가 내리는 그곳
　짙은 어둠 저 무한의 흑해로 숨죽여 내리꽂히는 별비
　흠뻑 빠져드는 황홀한 내면의 중독
　저 별비를 모두 받아낼 커다란 유리 사발이 있다면
　사발 한가득 정지된 시간으로 꾹꾹 쟁여 놓고 싶은
　그러다가 그 속으로 속절없이 녹아버리고 싶은

　살다가 한 번쯤 멈추고 싶을 때
　오든 길을 되돌아 걷고 싶을 때
　지도에도 없는 무인고도를 찾고 싶을 때
　침묵으로 에워싸여 허공을 방황할 때

오래 보지 못하고 그리워하던 누군가에게서 손 편지라도 받아보고 싶을 때
해묵은 마음의 설움을 털어내고 굳어버린 의식의 꽉 닫힌 문을 열어야 할 때

소리 없이 내리꽂히는 별비에 취하고 막막한 시간의 항로를 이탈하여 오래 갈무리된 추억을 꺼내 쌓인 먼지를 훌훌 털어낼 수만 있다면 가까이서 언제나 곁을 지켜주는 노을처럼 별비는 그 자리서 항상 아름답겠다,

아득한 시선으로 눈길이 닿지 않는 곳까지 응시하다
감각마저 마비된 마음은 별비 속으로 지워지고
나는 언뜻 꿈속을 헤어나 다시 아침이다

가을 햇살

잡티 하나 없는 햇살의 압박은 눈이 부시다

팽창하는 도시의 무료 속을
숨 가쁘게 살아야만 하는 일상

저 햇살의 압박을 즐길 수만 있다면
눈부신 압박을 가슴으로 녹일 수 있다면
감동 없고 나른한 도시의 무료를 벗어던질 수 있으련만

가슴으로, 가슴으로 스며드는 눈부신 압박
텅 빈 듯 가득 채워주는
깔깔한 가을 햇살 웃음소리

생의 말미에 닿은 듯 헐거워지는 마음

딱, 고만큼

바람이 숨어 울 곳도 없는 계절
午時의 겨울 강이 곤궁한 내면을 접수한다

강가의 잿빛 왜가리
아득한 시선이 하염없어
소박한 몇 마디 나누고 싶어 다가가 멈추면
바라만 보는 짝사랑처럼
딱, 고만큼만 옮겨 앉는다

일과 나의 거리를 구분하지 못하고
변명처럼 평생을 지켜만 봐온 거리처럼

애초 내가 먹었던 마음은 아닐 진데
한 낮인데도 사방은 초저녁처럼 싸늘하고
마치 벼랑 끝에 서 있는 것처럼
나 자신 왜 이리 곤궁해져만 가는 걸까

안용진

도시의 비 외 4편

쇼윈도 밖
바닥에 떨어진 빗물이
동그라미를 만들어
데크 바닥에 가득 뿌려놓았다

벚나무 붉은 낙엽
돛단배 인양 떠 있고
어디로 가려는지
데크 선착장 대기 중이다

그걸 바라보던 눈동자도
같이 흔들리고
비워지는 술잔이 늘어간다

승선표 없이
앉은 채 발만 동동거리고
빗물은 내 마음처럼
정처 없이 흘러간다

여름의 끝

비 그치면 붉은 고추 따려는데
이, 비는 지나가지도 않네

고추 담을 함지박에
낙숫물 떨어지는 소리 따라
시선 멈춰 서니

여름이 떠내려가고 있다

한 달 내내 비는 내려
툇마루에 누운 고추
툭! 건드려도
피 같은 눈물을 흘린다

그걸 지켜보는 나도
물러 터진 고추처럼
허물어진다

항거

애증은
사막처럼
마음을 병들게 한다

사랑이라는 명분 앞세워 그간
서로의 다름을 확인하지 못했다

자동차 몰아 편의점 가는 길
영시 지난 함초롬한 산길을
헤드라이트가 휘젓는다

외진 곳 삶은
아내와 의지가지 할 수밖에 없는데
산중에 홀로 두고 나와
도심으로 향하는 발길은
떨어지지 않는다

다름에 대한 분노는
여기서 접어야 되겠다
소주 몇 병 챙겨서
빨리 가야 되겠다

만기네

시장 입구
만기네

얼기설기 붙인 벽지
울퉁불퉁한 홀 바닥

소주보다는
막걸리가 잘 어울리는 집

실비 안주
돼지 머리 고기
두부전이
엄마 손맛 같고

팔순 주인장 인심에
단골 발길 끊임없고
설왕설래가 창문을 넘는다

삶의 전쟁터에서 고독을
견디어 온 가장들

켜켜이 쌓인
외로움인지 그리움인지
쉼 없이 허물고 있다

공원 벤치 같고
오래된 느티나무
그늘 같은 집

배나무골

  햇볕이 폭포같이 쏟아지는 곳, 달빛이 수양버들 그네 인양 타고 노니는 곳, 녹음방초에 둘러싸인, 각다귀들 노래하는 곳, 산새 소리에 눈뜨는 이곳은 천국이다. 그 속에 새 이름도 풀이름도 각다귀 이름도, 전혀 모르는 바보 천치가 살고 있다.

• 안용진 _ 2020년 《(사)종합문예유성》 등단. 문예마을 동인.

유지숙

시 외 5편

　시를 모른다고 시를 배우는 사람 시를 안다고 시를 쓰는 사람 시는 어렵다고 시를 떠나는 사람 사는 게 재미있어서 시 같은 건 안 본다는 사람 시가 가슴을 흔든다고 시를 좋아하는 사람 시는 시금털털한 삶을 따뜻하게 한다고 시집을 끼고 사는 사람도 있다

　나는 말하고 싶어서 시시때때로 시를 쓴다

ZOOM IN

당기고 밀고 피어나게 하는
멀리도 가까이도 두려움이 없다

네가 줌하면 나는 달려가고
내가 줌하면 너는 내 안에 들어온다
서로가 줌이 되면
바깥으로부터 추위가 오더라도
높고 낮음에도
햇볕을 생각하게 된다

너는 나의 줌이 되고
나는 너의 줌이 되고

새바위*

바다가 몸을 뒤척이며
바다가 뜨겁게 끓어오를 때
바다가 미는 대로
바다의 모래가 되지 못한 그를
순굿 앞바다에서
새들의 쉼터가 되라 하네

억겁의 시간을 들여놓고
바다의 품에서
묵묵히 바다와 새들의 이야기 듣는다
배설물은 바다가 닦아 주고
햇볕이 말려주는 온정의 그곳
오늘은 갈매기들이 사돈의 팔촌까지 쉬고 있다

이제 곧 겨울이다
바다에 기댄 그가 고기떼를 불러
축제를 열 모양이다

파도가 축포를 쏘아 올리자
새들은 공중에 일제히
은빛 원을 그리며 날아오르고

다시 바다는 숨 고르기를 한다
새들도 날개를 접고 휴식 중

* 새바위 : 강릉 순긋해변 앞바다의 바위

어떤 부부의 이야기

말에는 꼬리가 있어 서로 당기다 보면 주먹질이 오간다고 눈
퉁이 밤퉁이 되고

사니 안사니를 노래처럼 하다가 무릎을 꿇으며 미안하다는
말에 쓴 커피를 넘기는 순간

웃음이 터진다는 그녀, 또다시 자동으로 사랑은 로그인되고

부부란 참 알 수 없다

몇 주일 후 똑같은 내용을 들고 문을 두드린다 이제는 '정말
아웃이야' 보랏빛 눈퉁이로 달려온 그녀 보랏빛이 노랗게 피어
날 때쯤 다시 잠금 해제되겠지

뜨거운 국밥 한 그릇에

등대 2

새들이 세 들어 살던 곳

삐뚤삐뚤 글씨 연습을 하고 비척대던 걸음은 하이힐을 신는 다 문자를 받아먹던 부리는 장밋빛으로 학처럼 길어진 목은 먼 수평선을 바라보다 둥지를 등지고 등만 보이며 날아가고, 새들의 놀이터에 남은 문신을 바라보는 아빠 새 어미 새만 남아돌아 오는 길 돌아가는 길 빛으로 온전한 항해를 응원하고 있다

바닷물과 파도에 씻기고 부대끼는 행간에 바둑돌같이 평범하면서도 단단하게 돌아오기를 불 밝히고 있다

먹구름 속에서도 반짝이는 빛 따라 익숙한 길로 돌아오기를

동굴에서 길을 찾다

천지간의 길 위에
나침반이 없다

어느 길을 선택해야 하는 건지
논둑길 같은 좁은 흙길
좁지만 포장되고 곧은 길
넓게 포장된 길 앞에서
햇볕의 어두운 그림자에 갇혀 있다

간절히 원하는 것이 무엇일까
문자를 받아먹어도 바흐와 팔짱을 껴도
복잡한 하루를 건너는 발이 무겁다
가방 속 땀내 나는 손수건을 펴본다
머릿속에 섬광이 지나간다

"그거였구나"

동굴 같던 마음에 빛이 들어오고 있다
좁고 울퉁불퉁한 길을 걷는다
내 손수건을 기다리는 그곳에서
눈물 한 자락 닦아 주고
따뜻한 마음 한 자락 건네주고 싶은 곳

날게 하소서

이태원 골목
바람이 꽃잎들을 모으고 있다

이끌려 구름처럼 몰려드는 꽃들
숨 가쁘게 달려온 들판
풍년가를 부르는 평야인 줄만 알았으리
젖과 꿀이 흐르고
웃음꽃 피우는 곳이라 여겼으리

발이 바닥에 닿지 않는다고
맞잡았던 손과 손은 식어서 떨어지고
구해달라는 타전은 허공에서 떠돈다
골목을 밟았던 발들은 허공을 향해 걸으며
머리로 날았던 기억의 시간 천천히
신음 한 번 제대로 내지 못하고 있다
그들의 지구는 자전을 멈추고
은하수의 별처럼 같이 또는 따로

하늘의 낭떠러지로 흘러가고 있었다

예상치 못한 절규의 무게에
짓눌린 보도블록은 창백해지는 달빛만 바라본다

아직 따뜻한 심장은 차갑게 길 위에 누워있는데
국회라는 행성은 네 탓만 하고

어린 꽃잎들
차가운 허공을 떠돌지 않게 하소서

• 유지숙 _ 2010년 《문학마을》 시 등단. 2016년 《아동문예》 동시 등단. 2018년 《시조시인》 시조 등단. 낭송가. 시집으로 『698번지 오동나무 뿌리가 깊다』가 있음.

이순남

낮달 외 6편

붙들어 주던
자전거를 몰래 놓고
혼자서 가는 아이를 지켜보는 엄마같이

몸을 반쯤 가리고
낮달이 지켜보고 있다

서툴게 타는 자전거처럼
이쪽저쪽 치우치며 살아가는 나를

나무 뒤에 숨어 보듯 하늘 한쪽에서

잡고 있다 잡고 있다 이야기하며
손 몰래 놓고 숨어 보고 있다

넘어지려고 하면 페달을 밟고
멀리까지 한번 달려 보라고 한다

노목

요양원 창밖을 보고
혼자 중얼거리는 노인

지나온 삶의 굴곡이
몸에 새겨졌다

정원의 노목처럼
여윈 몸을 지켜내고 있다

잎 돋우고 꽃 피우던 많은 날들이
손마디마다 굳어지고
마른 어깨에 비바람의 흔적 새겨졌다

억세게 땅을 딛던 단단한 뿌리는
힘겹게 몸을 지탱하고 있다

저녁놀 바라보며
같이 가자 같이 가자
혼잣말한다

퇴직

꽃무늬 옷 화려한 할머니 셋이
정류장에 앉아

길고양이 지나가자
모두 고개를 돌려
바라본다

고양이의 느린 동선을 따르는
시선이 한가하다

하루가 하염없이 긴 때
무엇하며 살아야 하나 생각이 바쁜 때

앉아있는 것도
바라보는 것도
하루를 사는 일임을 본다

의자 위에 짐처럼
멀뚱한 시선 속에

천천히도 나즉이도
새로운 시작이라고

꽃무늬 화려한 생각을 한다

폭우

붉은 강이
큰 소리를 내며 흘러간다

아버지는 옥수수 대를 베다
아이쿠 하며 넘어지셨다

고요하게 흐르던
아버지의 하루는 강물에 쓸린
풀처럼 누워만 있다

억센 물풀 같은 삶이
세월의 물결에 쓰러져버렸다

아버지는 바다로 가고 싶다 하셨다
물처럼 빨리 가 닿고 했다

무거운 옷 벗고

소용돌이치며 솟아오르며
내달리고 싶다고 했다

산책

천일국이 작은 잎을 키워 올릴 때
곁을 지났다

생각이 움을 틔우지 못하고
제자리를 맴도는 동안

노란 꽃 한 무더기가 또
환하게 폈다

옆에 뿌리를 내리고
싹을 피워 올리고 싶다

서성거렸던 발자국들이
단단하게 다져져
내린 뿌리를 꼭 잡았으면 좋겠다

꽃이삭 잔털에 머문 햇살이
오래 쉬어 갔으면 좋겠다

첫 시집

시인의 마을에
집 한 칸을 지었다

마을 한구석에
위태롭게 서 있다

구석구석 손 볼 것 아직도 많고
주변에 잡다한 쓰레기 쌓였다

여기가 내 집이 맞는지
들여다보기만 한다

누추한 집이라
손님도 반갑지 않고
구석방에 조용히
혼자 있었음 한다

이 방이
따뜻하면 좋겠다

가끔 안부를 물어주는
사람 있으면 좋겠다

시렁 위
손때로 절여진 물건 하나쯤
보물처럼 모실 수 있으면 좋겠다

콩국

콩국을 끓일 때는

한눈을 팔면 안 되느니라

콩가루를 물에 풀어 끓이다 보면

언제 넘칠지 알 수 없느니라

노란 가룻물이 수평선처럼 고요해도

끓는 것은 한순간이니

때를 잘 보도록 해라

넘치려 하면 소금물을 넣고

젓지 말고 그냥 지켜만 봐라

• 이순남 _ 2018년 《작가와 문학》 등단. 2020년 제22회 난설헌전국백일장 시 부문 금상 수상. 시집으로 「버릇처럼 그리운 것」이 있음.

임인숙

골목 풍경 · 1 외 6편

머리가 비상해서 돌았다는 그는, 동내 개들이 혓바닥 빼물고 헐떡이는 삼복에도 누빈 두루마기를 입고 다녔다 그는 우리에게 늘 '싸우면 못써요'라고 했다 해서, 우리는 그를 '싸우면 못써요'라고 놀렸다 진짜 이름도 사는 곳도 몰랐지만, 그가 무섭지 않았다 옆에 옹기종기 모여 앉은 우리는 하늘 천 써 봐, 따지, 써봐 아버지 같은 그에게 함부로 굴었다 그는 꼬챙이로 그늘 속 무른 땅에 天, 地를 썼다 어린아이처럼 말하는 그가, 어려운 한자를 휘갈겨 쓰는 모습은 마냥 신기하고 멋졌다

손등에 참 잘했어요. 도장을 받은 초등생처럼 보란 듯이 '재건축 동의함' 도장이 찍혀있는 집과 결사반대 현수막이 펄럭이는 골목에서 뜬금없이 '싸우면 못써요' 씨가 보고 싶다

골목 풍경 · 2

산비탈 엎드린 집들은
수거를 기다리는 연탄재처럼 푸석푸석하다

더께 낀 전깃줄이 거미줄처럼 늘어지고,
페인트 덧칠한 벽은 각질이 일어났다

울 없는 집
섬돌에는 젖은 장화 한 켤레가 목을 꺾고

문밖에 널린
소맷단이 나긋나긋해진 빨간 점퍼는 고드름이 눈물처럼 맺혔다

골목 풍경 · 3

산 끝자락에 있는 골목은 소멸 중이다

차곡차곡 성냥갑을 쌓아 놓은 듯
산 중턱까지 빼곡하게 자리 잡은 집
사람들이 떠나고 있다

빈집은 길고양이와 거미줄 차지가 되었고

품팔러 갔던 아비가
숨차게 오르던 비탈길에는 개망초가 올라왔다

아이들이 왁작박작했을 골목에는
길고양이만 소리 없이 들랑거려서

다 떠난 줄 알았는데

인적 드문 골목길 무너진 집터에는

잎 무성한 애호박이 자라고 있다

인기척에
지붕 낮은 집 할머니
대문 빼꼼 열고 나를 올려다본다

골목 풍경 · 4

― 낙서

오래된 골목에도
봄빛이 와서 민들레꽃을 피웠다

봄바람은 수줍은 사랑도 고백하게 한다

조인제 사랑해 ♡♡♡
낡은 벽에 깊게 파놓았다

낙서는
오래 잊고 있던 어린 날로 나를 데려가고

알나리깔나리 알나리깔나리
누구누구는 연애를 건데요
우리는 떼창을 부르며
밤 골목 골목을 뛰어다녔다

어린 나이에도

연애는 은밀하고 부끄러운 것이었다
얼굴 벌게진 해동이는
그런 말 퍼트린 게 누군지 대라고
멧돼지처럼 식식거렸다

다시는 안 볼 것처럼 골내고 삐쳐도
다음 날이면 아무렇지도 않게
'해동아 학교 가자' 어깨동무하고
고개넘어 학교를 다녔다

방과 후면
'무찌르자 공산당 몇천만이냐 대한 넘어가는 길 저기로구나'
노래를 부르며 고무줄놀이했다

참으로 걱정 없고 신나던 날들이었다

골목 풍경 · 5

― 우편함

사람 떠난 집에도
잡초와 낡은 우편함은 살아서
풀벌레 날아오고
우편물은 배달된다

전기, 수도 끊긴
색 바랜 집 우편함에는
파리똥이 빼곡한
전기세 수도세 고지서가 꽂혀 있고
새뜻한 선거홍보물이 꽂혀있다

더께 앉은 우편함이
집 나간 지아비를 기다리는 아낙 같다

적막강산

늘 그렇듯이
너와의 대화는
목적지에 도착하지 못한다

아파 본 사람 말에는 모서리가 있다
나도 지병이 있는지
내 말에도 모가 나 있다

모서리와 모서리가 만나면
아픈 말에 아픈 말이 온다

아프지 않으려고
말 모서리를 다듬어 보는데

이른 새벽 토란잎에 물방울 구르듯
우리는 겉돌고

나는 벼랑 끝 암자 같다

오래된 농담

그는
나를 태양이라고 했다

아니, 나는 미꾸라지인데 라고 대답했다

그는
사랑은 어둠을 밝히고
언 몸을 녹여주는 햇살이라고 했다

나는 움켜잡지 않는 것이 사랑이라고 했다

갓, 제대한 그가 가진 것이 없다고 미안해할 때
움켜잡으려고만 않는다면
당신의 손바닥도 충분히 넓다고 말했다

태양이라고 부르는 남자와
미꾸라지라고 우기는 여자는

화음 맞지 않는 연가를 불렀다

그때 우리가
태양과 미꾸라지
그 먼 거리를 알았더라면

나는 그의 손가락 사이를 빠져나오려고
용쓰다
마음의 허물이 벗겨지지 않았을 터

우리는 너무 오랫동안 안간힘으로 살아온 것 같다

• **임인숙** _ 충남. 2016년 《강원작가》 신인상 당선. 시집으로 『몸은 가운데부터 운다』
가 있음.

지은영

신선이 되는 법 ‖ 미인폭포 ‖ 그림자가 남아있는 정류장

신선이 되는 법 외 2편

새내기 이름표를 가진 시절
도인이 되고 싶어 들어간 무술 동아리

물구나무서기
우산 돌리기
기왓장 격파
나무 타고 올라가기

땀범벅이 되어 돌아가는 길
텅 빈 호주머니
동아줄 잡는 심정으로
외상장부가 있는 동아분식 포식

비둘기였는지
갈매기였는지 모를
가짜 치킨에서 마무리

미인폭포

거울이 생기면서 불행이 시작되었다
젊음은 그 자체로 무기가 되기도 한다
자신감과 자존감으로 탑을 쌓아
우뚝 서 있으려 한다
그 탑이 기초가 탄탄한지
균형이 잘 맞는지 알지 못한다

스스로의 아름다움에 취해
거울을 보는 것도 거부했다
어느 날 문득 물에 비추어본
모습에 화들짝 놀라 뛰어든 절벽
웨딩드레스를 입고
다소곳이 기다리는 그녀의 숲엔
서슬 퍼런 강이 흐른다

그림자가 남아있는 정류장

꽁냥꽁냥 고양이들이
잠자리에 들 시간
마지막 버스를
기다리는 사람들

고단한 나의 발에게
의자가 벗이 되어준다
선 하나
긋지 못한 하루 속에
비로소 그려보는 오늘의 나

어둠 속에서도
빛났던 일상의 속삭임
점을 찍으며 가야겠다

• 지은영 _ 2008년 《현대시조》 등단.

황영순

물을 마시다 ‖ 세배 ‖ 엄마와 진순이

물을 마시다 외 2편

말들이 풀어져
말속에 잠길 때
꾸던 꿈을 말갛게 지운다

누구는 손사래를 치며
말은 그냥 말일 뿐이라고
한 획이 문장이 된다고 말해주지 않는다

꿈이 꿈을 흘러내리고
꿈을 꿈처럼 흘려보내고

무릎을 걸치고 있는 안짱다리와
시간을 기록한 분량 없는 문장과
사유가 사라진 말의 허기를

물
한 사발

마시다 보면

물 사발 속으로

꿈같은 말들이 걸어 오기도 한다

세배

　이모할머니가되어어린손자손녀들의세배를받고보니수첩에기재할이름과챙겨야할일들이더많아진것같다중늙은이의반열에올라섰다고큰소리쳐보니큰소리칠일이아니고얻는것보다잃는게더많은것같아괜시리가슴이횅하다철모르는행동거지가용서가되던때도있었는데세배를받고보니두루챙겨야할대소사들과행동거지하나하나에신경줄을매달아야할나이에접어든것같아이래저래벌써부터어깨가숭숭하다숭숭거리는어깨를눈치챘는지파리채가오고효자손이오고안마를하겠다고제비꽃같은손들이우르르몰려와아우성을치니팔자에없는양반다리를하고호사를누리는것같아요즘아이들표현으로기분업이다

　병상에누워계신형부가신권오천원을세배돈으로건네며코흘리개때처재를만났는데벌써흰머리가나는걸보니세월이빠르긴빠르다고한다그래도여전히기억속에는코흘리개철부지떼쟁이세배돈을줘야하는처재라는데만원도아닌오천원을을주시면서세배를하라고하신다외손자외손녀들과같은동급으로세배돈으로달라고졸라를보는데어깨에매달린제비꽃들이이모할머니애기같아요까르

르웃음들이넘어간다흘러내린흰머리들이울컥울컥그네를탄다

엄마와 진순이

100살의 엄마와

아흔아홉 살의 진순이가

사이좋게 앉았다

노안들이 찾아왔는지

바라보는 눈빛이 붉디붉다

어금니 하나씩

송곳니 하나씩

풀섶에 두고 왔는지

길게 하품을 할 때마다

심심한 웃음이 피시시 흘러내린다

햇살이 바람을 들어 올리자

100살의 엄마와

아흔아홉 살의 진순이가

손을 만지며

발을 핥으며

물끄러미 주름살 사이를 비집는다

따라온 바람이 지극한 웃음을 짓는다

• 황영순 _ 2009년 《한국생활문단》 등단. 시집으로 『당신의 쉰은 안녕하신가요?』가 있음.